的节日

	月	月	8月
1	蜗牛转圈圈比赛	夏日炎炎日	蝉鸣研讨会
2	蜈蚣、马陆比谁脚多日	蛇的一口吞大赛	大田鳖节
3	青蛙歌唱比赛	大蚊长腿舞大赛	大海节
4	白蚁查蛀牙日	伊蚊节	海蟑螂比赛
5	食蜗步甲美食大赛	蝮蛇跳高比赛	缺水研讨会
6	鼻涕虫的出风头日	竹叶小船游览日	夜晚的树液节
7	豉甲侧耳倾听音乐会	水黾的曲棍球比赛	野凤仙花钓鱼比赛
8	剪刀虫剪纸比赛	水滴节	合欢花乘风日
9	大紫蛱蝶、细带闪蛱蝶节	赤蛱蝶、黄蛱蝶举旗大赛	蜜蜂救助队紧急行动训练日
10	蛇眼蝶瞪眼大赛	臭大姐比臭大赛	朝露节
11	绿蛙千变万化时装秀	天牛踢罐子比赛	敲鼓比赛
12	蝾螈的井边会议	石竹迪斯科节	葬甲尸体节
13	水螳螂斧头大赛	头盔节	卷丹除珠芽日
14	野蓟扎人大赛	汉氏泽蟹吐泡泡日	泥土节
15	蚰蜒眉毛大赛	锹甲品尝铁锹日	凤仙花种子跳跳日
16	麻点婪步甲垃圾分类大赛	欣赏小河流淌日	壁虎看孩子大赛
17	鸢尾、燕子花、菖蒲选美大赛	黄缘龙虱节	太阳节
18	霉菌节	水节	碧伟蜓的金牌节
19	萤火虫烟花节	沙滩节	八瘤艾蛛的大扫除日
20	小雨淅淅沥沥日	西瓜节	王瓜花盛开狂欢夜
21	树蛙跳池塘比赛	白天的树液节	竹节虫讲述七大怪日
22	藤蔓爬来爬去舞蹈大赛	田里的稻草人节	蛾子化装狂欢夜
23	石蛾蹦跳比赛	白狭扇蟌比身高日	圆叶茅膏菜的黏糊糊日
24	石蝇哈哈大笑比赛	唱歌比赛	长额负蝗的负重比赛
25	水池节	牵牛花、打碗花比美大赛	米蜾蠃酒壶节
26	紫斑风铃草灯笼节	葫芦花纳凉会	夏季告别日
27	鼻涕虫中奖号码发布会	阳光照射日	树叶节
28	摔跟头日	向日葵节	红萼月见草等待夜晚日
29	负子蝽父亲节	蚜虫音乐节	蓝黑邻烁甲巡逻日
30	臭蜣螂滚粪球大赛	阳光灿烂日	蝗虫倒挂比赛
31		日铜罗花金龟读后感比赛	蝈蝈吃种子大赛

献给所有欢庆节日的生命。

〔日〕近藤薰美子 / 著 · 绘　　李 丹 / 译

GUANGXI NORMAL UNIVERSITY PRESS
广西师范大学出版社
· 桂林 ·

笔头菜女儿节，笔头菜女儿节。
大鼓咚咚敲起来，一起庆祝女儿节。
空中秋千。
还热乎着呢，
哇哈哈！
去点灯吧！
一二三，嘿哟！
嗨哟！
不是那片
叶子啦！
哎呀！
嗨哟！
咚咚咚！
笛子、大鼓、小鼓，
五人乐队。
谢谢你来到
这个世界。
菱形年糕！
菱形年糕！
哇哦，
女儿节的人偶坛！
嘿哟，
嘿哟，
加油！
加油！
转转山
双子星
笔头菜裙裤
笔头菜山
问荆山
北斗七星
哇！
飞去笔头菜山上！
哎呀呀！
打架？ 相扑？
劝架？ 当裁判？
我到底该怎么办？
嗨哟！
啊！
今天真暖和呀！
剪刀大相扑！
这家伙！
藤蔓在上，
藤蔓赢了！

咚咚咚，咚咚咚，笔头、笔头、笔头菜，

笔头菜女儿节！

咚咚咚，咚咚咚。

这朵花
送给你吧！

三女官
人偶。

我们是朋友！

我要第一个去采蜜！

我才不会
输给你呢！

揉年糕团子！

丢沙包！

噗——

右大臣？

剪刀石头布！

我赢了！

暖洋洋的。

噢！

好可爱呀！

快了快了！

马上就要出来了！

小呀小蜗牛！

小蜗牛，出来了！

好热呀！

一个人也能
过女儿节呀！

嘿嘿，嘿嘿！
过节啦，过节啦！
谢谢你呀，
甜甜的花蜜。
哇呜！
呼
来！
不来！
来！
不来！
来！
你好！
别扔啦！
蒲公英——
呼呼！
嗨！
蒲公英节！
哎呀呀！
快看，
三味线
呀嚯——
亲亲——
这朵花明天也会开。
花蕾长得好像大鼓，
就叫它大鼓花吧。
花蕾敲一敲，听，
咚咚咚！咚咚咚！
蒲、蒲、蒲公英、蒲呀蒲公英。
蒲公英！
从明天开始，
就享受不到
花粉温泉了。
嘿——
我来也！
哧溜——
自由泳，
自由泳！
这不是狗刨式，
是蜜蜂刨式！
呛了一口，
好丢人呀！

好多好多蒲公英，太阳公公亮晶晶。
蒲呀蒲公英，蒲公英广场。
蒲公英，开花啦，蒲呀蒲公英。
呜呜—
花粉球！
嗡嗡嗡嗡嗡，花粉飞呀飞。
嘿哟！
都是西洋蒲公英。
花瓣打卷儿了。
这里是西洋蒲公英的地盘。
这边翘起来了。
喂！
一嘿哟
花粉雪人，堆好了！
我也要创作首曲子。
蒲公英歌写得真好呀！
不要吃我的乐谱！
花粉大战！
哎哟！
谢谢你开花。
跳起波尔卡舞，全身暖洋洋。
听着波尔卡舞曲，畅饮美味的果汁！
妈妈，好暖和呀！
这儿就我一个人。
啊，真好喝！春天的花蜜就是甜！
踢踢踏
啊！
哇，太腿好粗。
弹钢琴
那朵花已经谢了。
我的脚缠住了

噼噼啪啪，豆子蹦上天。
小家伙们的节日！
叶子的海洋，
藤蔓的海洋。
谢谢你，
伸长伸长再伸长……
哇—
切叶蜂，
加油加油，
你是好样的！
哇，好美呀！
喷气了，
慢腾腾，
过山车
今天是儿童节。
你看，豌豆比赛往上爬，
还有花粉年糕和
花粉团子吃呢。
呀—
这是头盔！……
呀，原来是乌头花。
哎呀呀，
怎么走不动了？
呼啦呼啦，
转呀转，
噗噗噗！
瞪眼游戏
哇！
乘坐大型巴士—
我是司机。
噢！
嘿！
用镰刀来打仗。
噢，
是隧道！
啊！
嘿！
来啦！
好舒服呀
哇！
小孩抬着轿，
来过儿童节！
嘿哟，嘿哟，
嗨哟，嗨哟！
呜呜，好想快点儿
去抬轿子呀！
哼，
我可不能
再输了！
茎上的
疤痕还是
前年的呢
嗨哟，
嗨哟！
加油！
儿童节
去年
驾！驾！
豌豆爬呀爬—
嗯？
快，快停下！
球球，球球，
踩球球……
让我下来！

层层叠叠的青草上面，
豌豆爬呀爬，
爬到天上去。
圆乌龟，圆乌龟，放屁虫
就像圆圆的乌龟。
螳螂节。
豌豆爬到
高高的天上。
小小神社
螳螂神社
呀嚯
嗡嗡嗡嗡，
采蜜咯。
抬屁股舞。
骨碌骨碌
今天是小家伙们的节日，
欢迎你们来到这个世界！
嗡嗡嗡，
花粉团子，
大黄米面团子。
这是青草团子，
还是臭团子？
能吃吗？
啊，洗花粉澡，
好舒服呀！
露天温泉。
跷跷板。
那是粽子，
这是头巾。
槲树叶，
包年糕。
躺着等食物
送上门。
哈哈哈哈！
槲树叶年糕？
槲树叶年糕？
好好吃！
哇！
哇！
脸在这边。

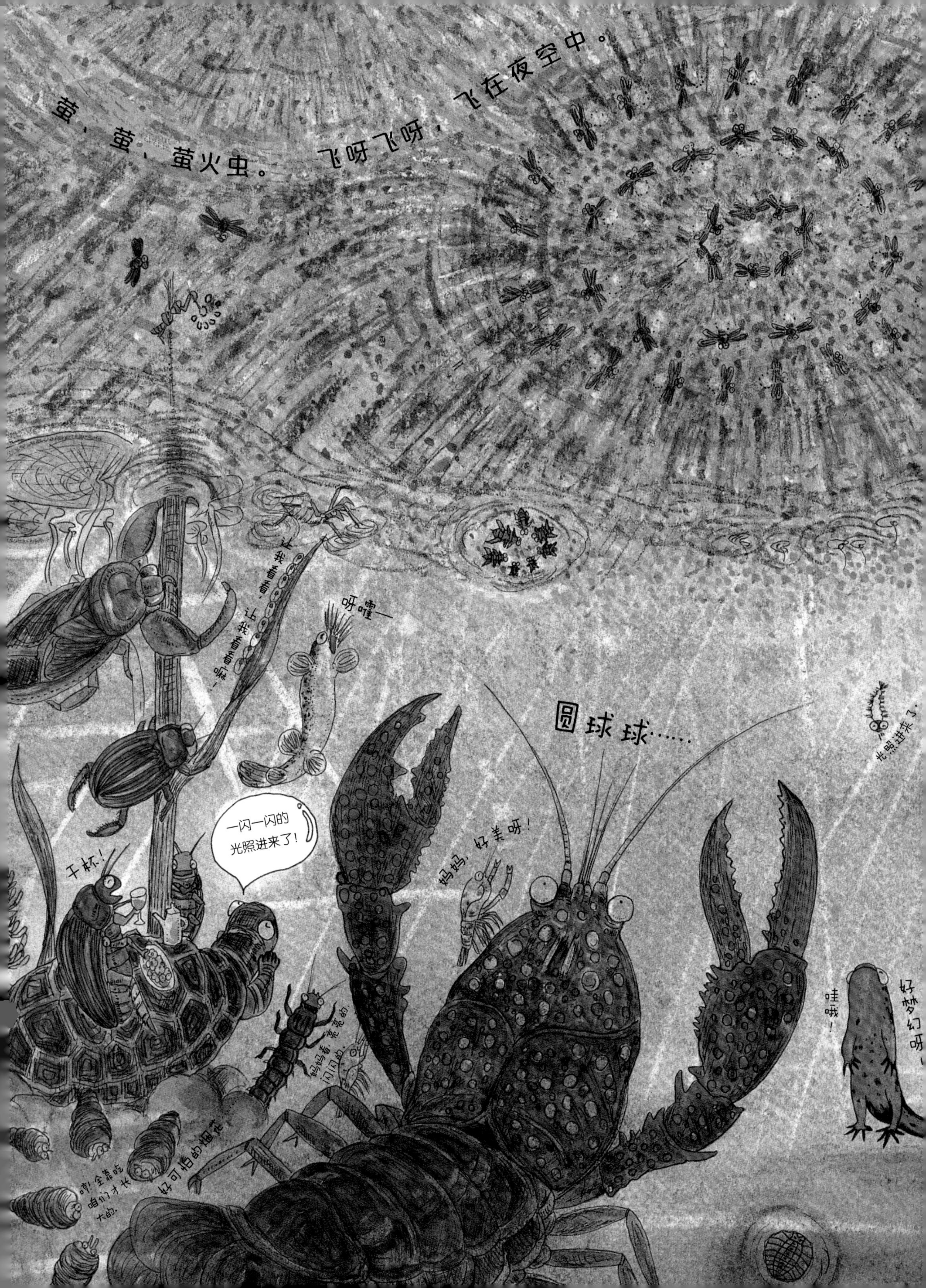
萤、萤、萤火虫。
飞呀飞呀，飞在夜空中。
让我看看，让我看看嘛！
呀嚏——
圆球球……
光照进来了。
一闪一闪的光照进来了！
干杯！
妈妈，好美呀！
妈妈看，亮亮的，闪闪的。
哇哦！
好梦幻呀！
哼！全靠吃咱们才长大的。
好可怕的烟花

萤火虫烟花绽放了！
一起在水里欣赏静静绽放的烟花。
嘿！
水里有好多束光呀。
爸爸，咱们在光里！
到处都是萤火虫。
哇—好美呀！
咚咚咚
咚咚咚
咚咚咚
大鼓、大鼓，敲响大鼓。
就要到水面了！
爸爸，你好厉害！
很美吧？
嘻嘻！
来，请吧！
咱们也去吧，飞向美丽的天空。
萤火虫呀！
火虫
萤
真美呀！
嗯。
这是我的房子，不是棉花糖。
哇，烟花！
呜—
那是水果吧？
谢谢你们带来的光。

咚咚锵！
给你戴上
水滴项链吧。
滴答滴答，滴滴答！
噼啪！
好漂亮啊！
小心别摔着！
看得我头好晕。
这个有点儿不同？
天晴了，
真开心！
欢迎光临！
啊！
啊啦！
啊啦啦
倒过来了。
哇！
水滴节要
结束了。
噗咔噗咔
啊，咸咸的，
咸咸的，
咸咸的
泪珠雨！
亲亲
好浪漫……

小水滴，排好队。
噗噜噜，噗噜噜，噗哟噗哟。
大家一起来，跳个水滴舞！
嘿哟！
嗨咔哦。
谢谢你，小水滴。
摇摇晃晃。
踢踢脚，转个圈。
摇摇一晃晃一
咚咚锵锵！
快舞，快舞。
水滴琴的声音真好听。
爵士，还是摇滚呢？
跳电步舞。
摇摇摆摆……
扭呀，扭呀！
我要跳了！
来吧！
我晕了……
你为什么哭？
哟！
我是雨蛙。
老虎！
呜呜，我没有壳转圈圈。
转圈圈舞。
骨碌
骨碌

欢迎光临，欢迎光临。欢迎来到开在夜晚的小店。
今天是等待夜晚日，快来吧！
抽支签吧！上签？还是下签？
戴上面具，真抱歉。
谢谢你在晚上开花。
哇，拿掉面具更吓人！
哟哟，啪嗒！
哇，今晚求到一支好签。
上签
抽签
这是什么面具呀？
是人哦。
好可怕！
卖王瓜的，来卖王瓜，留下王瓜，回去啦！嗓子哑哑的乌鸦，卖王瓜的乌鸦。
嗯——
月夜里奏响了一首小夜曲。
今晚要变身啦！
晚上就该好好睡觉。
吸溜吸溜
不错，不错。

夜晚夜晚等夜晚，
我把夜晚等，等它来一下，
来一下呀来一下。
啊啦，哟咿哟咿。
夜晚。
啊啦！
哟伊呀撒！
啊哦啦撒！
棉花糖
我是卖棉花糖的。
啊啦哟！
扑哧！
捞跟头虫
来点儿爆米花。
树果雨。
请稍等
啊啦哟。
哟咿哟咿哟咿哟咿。
太好了！
嘻嘻嘻……
熬夜对身体不好哦。
呜呜呜
咚咚咚
都分不清哪根才是我的丝了。
噢！
啊！
哎哟，缠在王瓜花上了。

咚咚咚！咚咚咚！抬起轿子嘿哟哟！
伴着音乐把轿抬，手呀脚呀舞起来！
冲着天空嘿哟哟！
踢踢踏踏踢踢踏，大家一起抬轿子。
轿子轿子抬回家，秋天秋天丰收啦！

哎呀呀呀呀!
收获多多
怎么动了?
加把劲呀!
再磨磨蹭蹭,
天就黑了!
赶在天黑以前——
嘿哟嘿哟嘿哟!
好多食物啊!
感谢,感恩。
油油的轿子,
大大的轿子。
你呀我呀,
大家一起抬轿子,
嘿哟一声抬起来!
嗨哟!
嗨哟!
哎哟!
哇!

呀哈哈！
谢谢你，风。
哇哦！
这是房子吗？
好像是蜘蛛
一家住在里面。
对呀！
啊！
飞呀飞呀，
飞呀飞呀，
飞高高。
飞呀飞呀，
飞快快，
飞高高。
一，二，三——
走你！
噢！
哇！
把我吹出去！
把花蜜给我。
没有了。
哟咿哟咿哟咿哟咿！哟咿！
是手还是毛？
飞呀飞呀！
会飞
真好。
好痒呀！
好像不行……
是不是
因为你
太沉了？

飞呀飞呀飞飞日。
飞呀飞呀飞高高，
飞呀飞呀飞快快，快飞呀！
等等我！
飞呀飞呀，
蒲公英飞呀，
一直飞到天上。
蒲公英的茸毛，
乘着风儿，
飞向海角天涯。
风呀快来吧！
小屁股摇摇，
跳起飞飞舞。♪
我戳戳戳！
哇哈哈哈！
真好吃呀！
咔嚓
咔嚓
吃相真难看。
是优昙婆罗花，
还是草蛉的卵？
我来也！
软乎乎的。
就像躺在云朵上。
茸毛池。
茸毛浴。
蹭蹭。
呦喔！
飞呀飞呀！
飞呀飞呀！
飞呀飞呀！
飞呀飞呀！
耀武扬威的蝗虫。
飞呀飞呀，
飞呀飞呀，
飞——

嘿哟嘿哟，金字塔千万别倒啦。
加油加油，红队赢！黄队赢！
呼啦呼啦，小心脏，怦怦跳！
红队赢！
黄队赢！
两队都加油！
反正都快变成褐色了。
呀哈！
别光顾着吃，赶紧加油啊！
加油，加油，红队加油！
喂，快点儿吐丝。
弄黏一点儿吧！
嘿.
我讨厌在最下面……
哎哟！
哇！
我不想参加！
加、加油！
咳咳。
哇！
喂，不准跑！
你的脚怎么了？
加油，加油！
嘿哟嘿哟！
等一下，你要去哪儿？
等、等一下。
疼疼疼！
藏到仓库里去吧？
哇！
啊！
嗯嗯——
哎呀，怎么不动啊？原来生根了……
帮个忙吧！
我来帮忙啦！
呼呼呼——

骨碌骨碌，
滚呀滚球球。
爬呀爬呀，爬杆比赛开始啦！
没胃口，我要找个地方生宝宝。
真、真的吗？
谢谢你变成黄色
谢谢你果子。
加油，加油！
黄队加油！
天气真好。落叶运动会之后，就该准备过冬了。
哇，是怪兽的蛋！
怎、怎么办？
哇哈哈哈
加油！
用劲啊！
嘿呀！嘿呀！
用劲啊！
加油！
啊！
绑到那根树藤上！
弄倒弄倒！移到这边来。
你要去哪儿？
终点在这儿呢。
快点儿。
快走开！别碍事！
不许骗哦！
抓紧。
弄倒啦，小心别掉下去！
呜！
噢！
别松手！
吃了吗？
哇！
选哪边？要不换一个？
快点儿！我们来帮忙了！
哇！
哇—

咚咚
嚯！
哎呀呀！
呜嗷！
呀呀呀！
我得快点儿！
好像幽灵呀！
呜哇！
哦！
哎呀！
枯叶跷跷板船。
软绵绵的。
真有活力！
呜—
过完秋天，就是冬天了吧？
加油！
秋天到了。
哇哈哈！好像眼珠。
我也要上去。
虫虫日记
要是怕冷，就等待春天吧。春天过去，就是夏天了。
哇哈哈
哎哟！
秋天？冬天？
给我安静点儿！
快睡吧，好冷呀！

蒲公英花谢了，茸毛飞走了。
蒲公英上了年纪，变成老蒲公英了。
可你还是蒲公英呀蒲公英。
变老万岁！蒲公英变老日快乐！

嘿哟嘿哟！
抬着霜柱轿，嘿哟！
泥土呼呼冒热气。
抬着种子，嘿哟！
一起等霜柱融化。

咚咚咚，咚咚咚，

从地里顶开泥土哟。

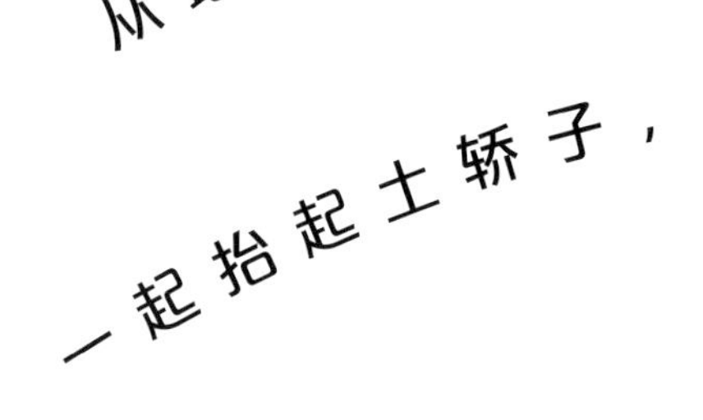

一起抬起土轿子，

长呀长呀快长大，

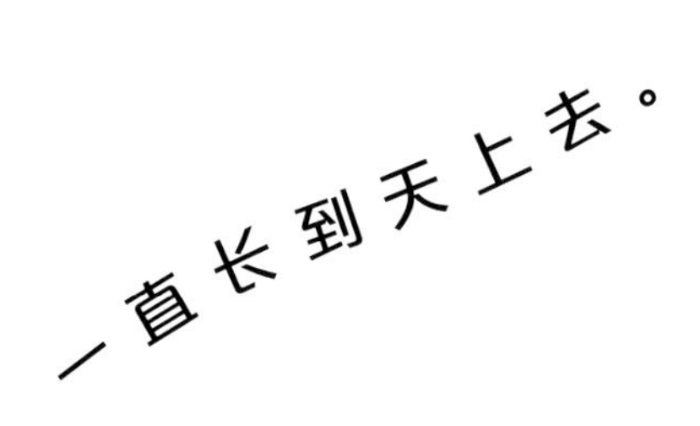

原野上的节日
Yuanye Shang De Jieri

出 品 人：柳　漾
项目主管：石诗瑶
策划编辑：柳　漾
责任编辑：陈诗艺
助理编辑：郭春艳
责任美编：潘丽芬
责任技编：李春林
审　　校：张小蜂

のはらまつり
Nohara Matsuri

图书在版编目（CIP）数据

原野上的节日／（日）近藤薰美子著绘；李丹译．桂林：广西师范大学出版社，2018.11
（魔法象．图画书王国）
书名原文：Nohara Matsuri
ISBN 978-7-5598-0728-1

Ⅰ．①原… Ⅱ．①近…②李… Ⅲ．①儿童故事－图画故事－日本－现代 Ⅳ．① I313.85

中国版本图书馆 CIP 数据核字（2018）第 049116 号

广西师范大学出版社出版发行
（广西桂林市五里店路 9 号　邮政编码：541004
网址：http://www.bbtpress.com）
出版人：张艺兵
全国新华书店经销
北京盛通印刷股份有限公司印刷
（北京经济技术开发区经海三路 18 号　邮政编码：100176）
开本：889 mm × 1 194 mm　1/16
印张：2　　插页：8　　字数：30 千字
2018 年 11 月第 1 版　2018 年 11 月第 1 次印刷
定价：36. 80 元

如发现印装质量问题，影响阅读，请与出版社发行部门联系调换。

原野上

	9月	10月	11月
1	蚂蚁秋日丰收节	蟋蟀跳舞日	羊蹄节
2	稻蝗长跑接力大赛	栗子的忍者节	叶蝉的《爬爬歌》歌唱日
3	雷声音乐会	金龟子穷人会议	晒太阳日
4	山药火锅会	金龟子富人会议	放屁虫的假面舞会
5	麻雀、天蛾追逐比赛	结蜘蛛网大赛	黄刺蛾化蛹比赛
6	寒蝉的帽子大赛	胡枝子节	初霜节
7	中华剑角蝗捕食日	绿色蟌的河边环境会议	黏黏节
8	鸭跖草朝露节	金环胡蜂窝比大小日	秸秆节
9	丰收节	美洲商陆赏花会	夕阳节
10	针毛收获蚁集会日	蓝天节	蜜蜂的蜡雕节
11	薮螽、悦鸣草螽锄草大赛	树果自助餐日	落叶运动会
12	风舞节	加拿大一枝黄花比身高日	堆肥日
13	鸟粪蛛骗人比赛	毛毛虫秋游日	小阳春午睡日
14	大米节	葛藤攀爬比赛	菊花侧耳倾听日
15	粪金龟比粪大赛	吃优昙婆罗花比赛	鸟粪节
16	蜉蝣节	秋日的金色狗尾草节	多孔菌抢椅子比赛
17	螳螂比镰刀大赛	蘑菇节	细叶鼠曲草节
18	蜻蜓的眼镜节	大螳螂祈祷日	漆树过敏日
19	落穗节	草蛉节	龙胆花修道日
20	钟蟋乐队漫漫秋夜音乐会	三球悬铃木挂铃铛日	狗粪节
21	云斑金蟋、纺织娘乐队音乐会	橡子打滚日	雅美紫菀新娘的婚礼
22	彼岸花祈愿日	青虫蒸芋头大赛	饰蟋螽建房日
23	秋日螨虫节	异叶蛇葡萄的舞会	松果嘎嘣日
24	食蚜蝇的花花节	牡蛎派对	伯劳献祭日
25	波斯菊节	栗耳短脚鹎的舞会	种子节
26	作威作福的东亚飞蝗将军队伍出行日	象鼻虫比鼻子长日	蚯蚓的《堆肥歌》歌唱日
27	碧蛾蜡蝉时装秀	芒草节	黄叶节
28	尺蠖打嗝大赛	飞飞日	红叶节
29	酸模节	银杏飞舞日	惜别秋天日
30	赏月会	水蓼节	夜空星星节
31		丘角菱果实节	